D1322375

Édition originale de cet ouvrage
publiée par DEMETRA en Italie,
sous le titre *Biancaneve*
© 1999, Demetra, S.r.l.
Adaptation : GIOVANNA PIMAZZONI
Illustrations : GIORGIO SCARATO et ENRICO VALENZA
Composition : SEDIGRAF
Maquette : ILARIA REBONATO

© 2001, MAXI-LIVRES Éditions,
pour l'édition française
Traduction de l'italien : Daniel ALIBERT-KOURAGUINE
Adaptation PAO : BUROSCOPE
Réalisation : BELLE PAGE, Boulogne

Imprimé en Italie
ISBN 2-7434-1853-2

D'après les
FRÈRES GRIMM

Blanche-Neige

Éditions du Korrigan

C'était un jour d'hiver, il y a très, très longtemps. Assise devant une fenêtre à bordure d'ébène, la reine cousait en regardant tomber la neige, quand

soudain elle se piqua au doigt et trois gouttes de sang vermillon coulèrent sur son ouvrage. Alors elle fit un vœu :

– Je voudrais avoir une fille dont la peau serait blanche comme la neige, la bouche rouge comme le sang et les cheveux noirs comme l'ébène.

Son vœu fut exaucé et elle mit bientôt au monde une petite fille que l'on appela Blanche-Neige. Malheureusement, la reine mourut en lui donnant naissance et un an

Il y a bien longtemps,
dans un grand château,
vivait une reine
qui voulait avoir une fille
à la peau blanche
comme neige...

plus tard, le roi se remaria. La nouvelle reine était d'une grande beauté, mais jalouse et très vaniteuse. Chaque jour, elle s'asseyait devant son miroir magique et l'interrogeait :
– Miroir, mon beau miroir, dis-moi qui est la plus belle femme de tout le royaume ?
– Ô reine, c'est toi la plus belle !
Pendant ce temps, Blanche-Neige vivait dans une aile écartée du château où sa jalouse marâtre l'avait reléguée. Elle devenait de plus en plus belle au fur et à mesure qu'elle grandissait. Si bien qu'un jour, le miroir

Son vœu fut exaucé et elle mit
au monde une jolie petite fille
que l'on appela Blanche-Neige. Mais
la reine mourut et le roi se remaria.

magique en vint à changer d'avis.

– Miroir, mon beau miroir, dis-moi qui est la plus belle du royaume ?

– Ô reine, tu es très belle... Mais une jeune fille à la peau blanche comme neige, aux lèvres rouge sang et aux cheveux d'ébène est encore plus belle que toi !

Folle de rage, la reine fit venir l'un de ses fidèles chasseurs et lui ordonna :

– Conduis Blanche-Neige dans la forêt, tue-la et rapporte-moi son cœur pour me prouver qu'elle est bien morte.

Le chasseur emmena Blanche-Neige au plus profond de la forêt et dégaina son coutelas pour la

Très vaniteuse, la nouvelle épouse du roi interrogeait son miroir magique pour s'assurer qu'elle était bien la plus belle du royaume.

tuer. Mais sa main se mit à trembler :

– Sauve-toi vite ! La reine voulait te faire mourir, mais je n'en ai pas le courage.

Puis il tua un sanglier afin de ramener son cœur à la reine.

Terrorisée, Blanche-Neige s'enfuit à travers bois et fourrés, vallons et collines. Épuisée, elle finit par tomber évanouie dans l'herbe. Lorsqu'elle reprit connaissance, elle alla se rafraîchir dans le courant d'un ruisseau et repartit aussitôt. Elle courut encore longtemps, sans rencontrer âme qui vive, jusqu'à ce qu'elle découvre une petite maison au milieu d'une clairière.

Quand le miroir lui dit que Blanche-Neige était la plus belle, la reine ordonna à un chasseur d'aller la tuer dans la forêt.

– Il y a quelqu'un ? demanda-t-elle.

Personne ne répondit. Mais comme la porte était ouverte, elle finit par entrer.

Elle se retrouva dans une pièce bien tenue, mais où tout était incroyablement petit. Devant la cheminée, il y avait une table entourée de sept petits tabourets, avec tout ce qu'il fallait pour le dîner : sept assiettes remplies de légumes, sept fourchettes, sept couteaux et sept cuillères, sept verres de vin et sept petits pains. Blanche-Neige, qui mourait de faim, mangea un peu dans chaque assiette, grignota une bouchée de chaque petit pain et but une gorgée dans chaque verre. Puis elle aperçut sept petits lits au fond de la

À contrecœur,
le chasseur conduisit
la jeune fille au plus
profond de la forêt.

pièce. Comme elle était très fatiguée, elle décida de s'étendre pour se reposer. Seulement, comme elle était très difficile – comme le sont souvent les princesses –, elle les essaya tous : elle trouva l'un trop mou, les autres trop durs ou trop petits et seul le septième fut à sa convenance. Elle s'y coucha et s'endormit profondément.

Plus tard, à la nuit tombée, arrivèrent les propriétaires de la maison : sept nains qui revenaient de la mine où ils passaient la journée à extraire de l'or et des pierres précieuses. Dès qu'ils se furent assis à table, ils comprirent que quelqu'un était entré pendant leur absence.

– Qui s'est assis sur ma chaise ?

Quand vint le moment
de la tuer, le chasseur
sentit sa main trembler...

– Eh là ! Qui s'est servi dans mon assiette ?

– On a mordu dans mon pain !

– Fichtre ! On s'est servi de mon couteau !

– Oh, oh ! Ma fourchette a été déplacée.

– Qui... qui... a mangé a-avec ma cuillère ?

– On a bu dans mon verre !

Ils s'empressèrent alors d'inspecter la pièce et ne tardè-rent pas à décou-vrir que quelqu'un était couché dans

le septième lit. L'un d'eux prit une lampe pour éclairer le visage de Blanche-Neige et ils s'écrièrent tous en chœur :

– Sauve-toi le plus loin possible !
La reine veut que je te tue,
mais je n'en ai pas le courage.

– Comme elle est belle !

Ils étaient émerveillés par la beauté de la jeune fille et décidèrent de la laisser dormir. Sans faire de bruit, chacun se glissa dans son lit, à l'exception du septième qui s'installa dans le baquet à lessive.

Le lendemain matin, en se réveillant, Blanche-Neige regarda autour d'elle et poussa un cri d'effroi quand elle vit les sept nains. Réveillés en sursaut, ceux-ci se précipitèrent autour de son lit.

– Ça ne va pas ? demanda l'un d'eux. Aurais-tu fait un mauvais rêve ?

– Tu n'as rien à craindre, dit un autre.

– Mais qui... qui êtes-vous ?

Après avoir longtemps couru,
Blanche-Neige, à bout de souffle,
tomba évanouie dans l'herbe.

- De gentils nains.

Nous habitons ici.

- Et toi, qui es-tu ?

Blanche-Neige les regarda :

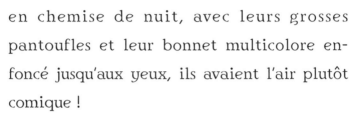

en chemise de nuit, avec leurs grosses pantoufles et leur bonnet multicolore enfoncé jusqu'aux yeux, ils avaient l'air plutôt comique !

Elle leur raconta ses mésaventures. Puis elle ajouta :

- Ah ! si je pouvais rester avec vous ! Je suis sûre qu'on ne pourrait jamais me retrouver.

- Ne te fais pas d'illusion, chère Blanche-Neige, la reine finira tôt ou tard par te chercher. Mais en attendant, tu peux rester ici.

- Tu pourrais t'occuper de la maison... et de la lessive... et de la cuisine...

- Oh oui ! Avec plaisir !

Quand elle reprit connaissance,
elle alla se rafraîchir dans le courant
d'un ruisseau avant de repartir.

Les nains s'habituèrent vite à la présence de la jeune fille qui fit de son mieux pour les aider. Quand ils devaient la laisser seule, ils ne manquaient jamais de lui répéter :

– Souviens-toi : la reine pourrait découvrir où tu te caches, alors ne laisse entrer personne.

– C'est promis !

Pendant ce temps, la reine se faisait à nouveau du souci et, pour s'assurer qu'aucune autre femme ne lui était supérieure en beauté, elle alla interroger son miroir :

– Miroir, mon beau miroir, qui est la plus belle de tout le royaume ?

– Ô reine, tu es vraiment très belle.
Mais au-delà des sept collines,
dans la maison des sept nains,
Blanche-Neige est encore plus belle.

Vers le soir,
elle arriva dans une clairière
où elle découvrit
une jolie petite maison.

Blanche-Neige s'approcha
de la table et prit un peu de légumes
dans chaque assiette,
but une gorgée dans chaque verre
et mangea un petit morceau
de chaque pain.

– Ce n'est pas possible ! Blanche-Neige est morte. Le chasseur m'a rapporté son cœur !

– Blanche-Neige est toujours vivante,
plus belle encore que jamais
et ce que l'on t'a montré,
c'est le cœur d'un sanglier.

– On s'est moqué de moi !

Tremblante de rage, la méchante reine se rendit dans une pièce secrète du château, où elle se déguisa en vieille marchande et remplit un panier de rubans de soie. Puis elle s'en alla, franchit les sept collines et arriva devant la maison des sept nains.

– Jolis rubans ! Qui veut de mes jolis rubans ?

– Oh ! comme ils sont beaux ! s'écria Blanche-Neige. Entrez,

La maison où Blanche-Neige
avait trouvé refuge appartenait à
sept nains qui travaillaient dans une
mine d'or et de pierres précieuses.

entrez ! Je vais en acheter un.
La fausse marchande
insista pour ajuster
elle-même le
ruban autour
du cou de la
jeune fille. Elle le
serra si fort que Blanche-
Neige tomba inanimée.

– Eh bien ! ricana la
reine, me voici de nou-
veau la plus belle !
Le soir, lorsque
les nains décou-
vrirent Blanche-Neige
étendue sur le sol, ils
s'empressèrent de desser-
rer le ruban et la jeune
fille reprit connaissance peu à

À la nuit tombée,
les nains rentrèrent chez eux
et trouvèrent Blanche-Neige
endormie dans l'un des petits lits.

Blanche-Neige trouva
les nains amusants.
Ils étaient aussi très gentils et quand
elle leur eut raconté son histoire,
ils lui offrirent l'hospitalité.

peu. Puis elle raconta ce qui s'était passé.

– Cette prétendue marchande n'était autre que la méchante reine, lui dirent les nains. Et elle risque de revenir. Alors, ne laisse entrer personne quand tu es seule.

Pendant ce temps, la reine avait regagné son château et interrogeait son miroir.

– Miroir, mon beau miroir, dis-moi qui est la plus belle du royaume.

– Ô reine, tu es vraiment très belle !

Mais au-delà des sept collines,

dans la maison des sept nains,

Blanche-Neige est encore plus belle !

Très en colère, la reine se précipita dans sa

Pour remercier les nains
de leur accueil, Blanche-Neige
leur fit la cuisine et le ménage.

pièce secrète. Elle trempa un peigne dans un puissant poison, puis elle se déguisa en vieille mendiante et franchit de nouveau les sept collines jusqu'à la maison des sept nains.

– J'ai des peignes, de beaux peignes ! Qui veut m'en acheter ?

– Je voudrais bien, mais je ne dois faire entrer personne.

– Cela ne fait rien, je peux te les faire voir par la fenêtre.

La reine montra le peigne empoisonné à la jeune fille, qui ne put résister à l'envie de l'acheter. La marchande la pria alors de lui laisser peigner ses beaux cheveux noirs comme l'ébène. Blanche-Neige accepta pour ne pas la vexer, mais dès que le peigne eut pénétré dans ses cheveux, elle perdit

Quand la reine interrogea
de nouveau son miroir magique,
elle apprit que Blanche-Neige
était toujours vivante.

ssance et tomba sur le sol, apparem-
ans vie.

retour, les nains comprirent aussitôt
méchante reine avait dû revenir. Lors-
virent le peigne dans les cheveux de
he-Neige, ils s'empressèrent de le reti-
t l'imprudente jeune fille revint lente-
ment à elle. Elle put
alors leur raconter ce
qui s'était passé et les
nains lui recomman-
dèrent une fois encore
de se méfier.

Pendant ce temps, au château, la reine at-
tendait avec confiance la réponse du miroir
magique.

– Ô reine, tu es vraiment très belle !
Mais au-delà des sept collines,
dans la maison des sept nains,

Déguisée
en marchande,
la reine proposa
un ruban
à Blanche-Neige
et le serra très fort
autour de son cou...

Blanche-Neige est encore bien plus belle !

– J'ai encore échoué ! Mais cela ne se produira plus !

La reine prépara une potion mortelle et y plongea des pommes qu'elle mit dans un panier. Puis elle se déguisa en vieille paysanne et se rendit de nouveau à la maison des sept nains.

– Belle jeune fille, achète des pommes à une pauvre vieille.

– Ce serait de bon cœur, mais je ne peux faire entrer personne.

– Quel dommage, elles sont si bonnes !

Blanche-Neige hésitait encore.

– Prends celle-ci, insista la reine. Tu vas te régaler.

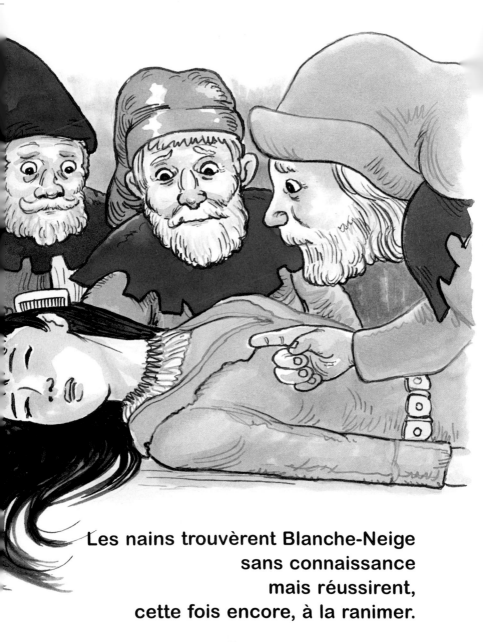

Les nains trouvèrent Blanche-Neige
sans connaissance
mais réussirent,
cette fois encore, à la ranimer.

Blanche-Neige n'osa pas refuser. Elle prit la pomme qu'on lui tendait, mordit dedans et perdit aussitôt connaissance. La méchante reine, très satisfaite, regagna son château.

Les sept nains firent tout ce qu'ils purent pour ranimer la jeune fille. Mais cette fois, rien n'y fit. Ils pleurèrent longtemps, sans pouvoir se décider à l'enterrer.

– Elle est si belle ! On dirait qu'elle est encore vivante...

– Comment accepter de ne plus la voir ?

Ils lui fabriquèrent un cercueil en cristal sur lequel ils gravèrent son nom. Puis ils la veillèrent jour et nuit.

Longtemps après, un jeune prince vint à passer par là et vit la malheureuse jeune fille

– Vois comme ces pommes sont belles. Prends au moins celle-ci, tu vas te régaler !

qui avait conservé toute sa beauté et semblait dormir. Il admira ses cheveux noirs

comme l'ébène, sa bouche
d'un rouge éclatant, sa peau
si blanche et, en soupirant
tristement, il lut son nom à
haute voix :

– Blanche-Neige...

Puis il se pencha sur elle et
l'embrassa. Aussitôt, la jeune
fille ouvrit les yeux. La pre-
mière chose qu'elle vit fut le
visage du prince qui lui sou-
riait. Elle lui sourit à son tour
lorsqu'il la prit par la main
pour l'aider à se lever. Les
nains, qui n'en croyaient pas
leurs yeux, pleuraient de
joie. Le prince, qui était

Blanche-Neige,
empoisonnée
par la méchante reine,
semblait dormir
dans son cercueil de cristal.

tombé amoureux de Blanche-Neige au premier regard, lui demanda de l'épouser. Elle accepta et ils partirent en promettant aux nains de venir souvent leur rendre visite.

La méchante reine fut même invitée au mariage princier et, comme elle ignorait qui était la future épouse, elle accepta. Le jour venu, elle revêtit ses plus somptueux atours et consulta son miroir :

– Miroir, mon beau miroir, dis-moi qui est la plus belle de tout le royaume.

– Ô reine, tu es vraiment très belle !

Mais la jeune épouse l'est bien davantage.

D'un baiser, un jeune et beau prince tira Blanche-Neige de son long sommeil et lui demanda de l'épouser.

Un prince a réveillé d'un mortel sommeil la douce Blanche-Neige à la beauté sans pareil. Folle de rage, la reine jeta son miroir par terre et il se brisa en mille morceaux. Aussitôt, sa beauté s'évanouit : son visage et son corps devinrent ceux d'une femme très vieille et très laide. Elle en eut tellement honte qu'elle alla se réfugier dans les souterrains du château, et n'en sortit jamais plus.

Quant à Blanche-Neige, elle épousa le prince et tous deux vécurent heureux jusqu'à la fin de leurs jours.

Fin

Blanche-Neige partit
épouser le prince,
en promettant
à ses amis les nains
de revenir souvent
leur rendre visite.